„sprich nur ein wort,
so wird meine seele gesund"
(Matthäus 8,8)

jo schäfer [hrsg.]
sylka kramer

geschenkte erinnerungen
**wenn du erliebt bist
und hingeliebt**

Bibliografische Information
der Deutschen Nationalbibliothek:
Die Deutsche Nationalbibliothek verzeichnet diese Publikation
in der Deutschen Nationalbibliografie; detaillierte bibliografische
Daten sind im Internet über http://dnb.dnb.de abrufbar.

© 2014

Herausgebende: Jo Schäfer, Tama Nowack
Umschlagfoto: Sylka Kramer
Herstellung, Verlag: BoD – Books on Demand, Norderstedt
ISBN: 978-3-7357-6272-6

eingang

hingeliebt - adorer   11

wandelgang

liebesgedichte   15
ein lachen   16
ich habe nichts und habe alles   17
die rose   18
dort und hier   19
vernunft?   20
im fluss   21
ein schatz   22
kleine weisheit   23
katzenexistenz   24
wenn du mich rufst   26
dich   28
eine brücke   29
zeit   30
halten inne   31
eine träne von dir   32
hauchzart   34
lebensboten   35
in harmonie   36
sand im november   38
ich will nicht rosen pflücken   39
wenn ich dein herz finde   40
gesang   42

tanzen 43
andere welt 44
menschlich lieben 46
dein klang 47
nur einmal noch 48
heilen 50
weiter werden 52
wenn ich worte hätte 54
weiter 55
sanft 56
wärme 57
würde 58
ganz sein 59
heiliger boden 60
hingegeben 61
behutsamkeit 62
hingabe 64
morgenhimmel 65
grüße 66
sonne am morgen 67
hinweitet 68
fenster zum himmel 69
dein morgenangesicht 70
silbern 72
beseelt 73
dem einen 74
stille 75
anklang 76
das zarte 78
alles 80

kernholz   82
dreifaltigkeit   83
sterne   84
der tag bricht an   85
am bach   86
feldmaus   87
im alten hof   88
springbrunnen   90
jahrmarkt   91
hände   92
berühren   93
rosen   94
liebe ist   95
grundreinigung   96

ausgang

königlich   99

dank christina güller, die dem hingeliebtsein
boden ist, ihn mit der stirn zu berühren und
thea vogt, die um worte des geliebten bittet

gewidmet all jenen,
die das herz in den wind halten

den sandigen
stürmischen

den sanften
brisenden

den aufwirbelnden
begeisternden

den beruhigenden
streichelnden

den ascheregnenden
den schneetanzenden

den verträumten
lichthauchenden

den orkanäugigen
verstörenden

den heulenden
wänderüttelnden

den hingeliebten
liebenden

allen diesen
winden

eingang

hingeliebt - adorer

wie kann ich dir nicht ehre erweisen
mich dir hingeben, ergeben

mich verschenken, hinschenken
niederfallen und vor dir verneigen?

wenn du dich zu mir neigst
mich erhebst, liebst, erliebst

und ich vergehe, ergehe, erliege
auflebe, aufbreche, aufgehe in dir

was bleibt dann noch
als mich erlieben zu lassen?

hinzusinken, ja: hinzusingen
hinzuklingen an dich

einzuklingen, einzustimmen
und mich erklingen zu lassen

und so hingeklungen
hingezogen, hinangezogen

dir aufzugehen, mich dir zu erlieben
und dich zu erehren

und mich ganz und gar
mit allem, was ich bin

dir hinzulieben
hinzulieben an dich

auf dass ich nichts weiter sein kann
und nichts weiter bin

als nur vollkommen
hingeliebt.

wandelgang

liebesgedichte

verrückte zeugen
einer entrückten welt

fern aller logik
künden sie

wie einst die engel
fürchtet euch nicht!

liebesgedichte
zeugen von torheit

und mut.

ein lachen

springt
über den fels

hüpft im gras
auf und ab

ein lachen.

ich habe nichts und habe alles

ich habe zwei hände voll licht
ich schenke sie deinen füßen

ich habe ein herz voll fragen
ich schenke es deiner weite

meine wurzeln suchen halt
ich schenke sie deiner erde

ich habe nichts und habe alles
dein angesicht ist mir treu

ich habe den mund ohne worte
ich schenke ihn deinem staunen

ich habe ein haus ohne wände
ich schenke es deinem garten

mein lachen wartet auf antwort
ich schenke es deinem klang

ich habe mut zu vertrauen
und das ist mir neu.

die rose

die rose
hat keinen namen

ihr name ist mehr
als ein lied

und mehr als ein lied
ist ihr klang

und ihr klang ist mehr
als namen und lied

und rose und klang
und ich liebe

ist mehr.

dort und hier

ich liebe dort
wo ich bin
und liebe alles

hindurch und durch

ich liebe hier
da ich bin
und liebe alles

in sich, an sich

und liebe dich
da du bist
und liebe alles

in dir, an dir

und liebe uns
wie wir sind
und liebe alles

hindurch und durch.

vernunft?

ja, nein
vielleicht

ich komme
aus dem staunen

nicht heraus

das herz schlägt
unvernünftig.

im fluss

heute habe ich
dem abflussrohr
eine liebeserklärung gemacht

ich weiß nicht
ob das rohr weiß
was eine erklärung ist
oder ein abfluss
oder die liebe

ich weiß nur
meine liebe ist
wieder im fluss.

ein schatz

ein schatz
braucht nicht

gehoben
zu werden

um ein schatz
zu sein.

kleine weisheit

wenn zwei menschen
zur selben zeit

ihre angst
durchschreiten

ist der himmel
nur noch

ein natürliches selbst-
verständnis

das blau ist blau
und die katze eine katz

und die sonne scheint
auch in der nacht

mit dem mond vereint
durch himmel

und hölle, die niemals
mehr war

und jemals gewesen
sein wird.

katzenexistenz

eine katze
ist eine katze

wenn ihre existenz
mich heilt

werde ich sie streicheln
werde ich sie füttern

auch wenn sie nicht
mit mir spricht

auch wenn ich nicht
wissen kann

ob sie wieder kommt
wenn sie geht

und wann sie geht
wenn sie wieder kommt

wenn ihre existenz
mich heilt

werde ich sie umsorgen
hegen, pflegen, liebkosen

werde ich ihr
nahrung hinstellen

auch wenn sie nicht
um mich streicht

auch wenn sie sich nicht
streicheln lässt

werde ich ihr
nahrung hinstellen

auch wenn sie
lange nichts frisst

werde ich da sein
für ihr wohl

wenn ihre existenz
mich heilt

ist es für die heilung
mehr als genug

dass die katze
eine katze ist.

wenn du mich rufst

weiße segel ruft das meer
in wehen neigt sich das land

kein kompass, kein ziel
kein norden

ich werde bei dir sein
wenn du mich rufst

fische spielen, die sonne
und wind in haut und haar

kein warten, kein sinn
kein sehnen

ich werde bei dir sein
wenn du mich rufst

die wellen singen mich
spielen mein, ihr lied

ist helles lachen leben
bin ich frei

und wogen heben
mich empor zu dir

du meer meiner seele
ich bin eins, bin frei, bin dein

die brise tanzt mit den stürmen
zärtlich die haut in der nacht

ein flüstern umfasst das schweigen
wenn du mich rufst

und flügelschlag ist nur mehr gleiten
ein kuss aus einem blau

die nacht geht, der morgen erwacht
wenn du mich rufst

rufe mich, meer der seele
rufe, führe, geleite mich

durch alle zeiten, fragen, tränen
sei mir mut.

dich

dich
habe ich nicht gesucht
und doch gefunden

dich
habe ich nicht erwartet
und plötzlich leuchtest du mir

dich
habe ich nicht erwähnt
in meinen träumen

du bist da
- nur das -
sonst nichts.

eine brücke

eine brücke bauen
dort, wo zwei flüsse

zusammenfließen

dass jeder, der darüber
wandelt und schaut

hin zu den flüssen
den beiden einerseits

und hin zu dem einen
andererseits

sehen, erleben kann
dass jeder fluss

ein gemeinsamer
zum meer ist

nebeneinander
miteinander, ineinander

allesamt ein fluss
mit einfluss zum meer.

zeit

verdichten sich
sprache und klang

und blick
in einem

ton

verdichten sich
zeiten.

halten inne

still ist das verlangen, die sehnsucht
hält die zeit in ihren händen

ganz still wird das begehren und
näher werden wir durch unsere stille

nur ein sanfter kuss entringt sich
unsrem schweigen

der atem kommt und geht
das lächeln bleibt in unsren herzen

so halten zärtlich wir uns fest
im arm und halten inne.

eine träne von dir

eine träne von dir in der hand
und dich darin sehen

dich sehen
wie du wirklich bist

deine ganze schönheit
und wahrheit

und reinheit
sehen

wie an einem morgen
der tau die gräser neigt

und reingewaschen
alles weisheit spricht

und du im angesicht
des lichtes um dich her

freundliche wärme spürst
sie in dir aufzunehmen

mit ihr zu leben
jeden tag

wärmendes licht
einem lächeln gleich

lass mich sagen dürfen
wirf deinen mantel ab

lass mich staunen können
über jede träne

die mich ahnen lässt
dass du leben willst

wirf deinen mantel ab
und geh mit mir

an einem morgen
über taufrische wiesen

lass die hände uns tauchen ins gras
unsere wangen benetzen

neu zu atmen
neu zu leben

so wie wir sind
wie wir wirklich sind.

hauchzart

dein hauchzarter kuss
inmitten der menge

wie leuchtend dein blick
den meinen versengt

halte die hand mir
inmitten der menge

halte mein herz
mit dem einen

hauchzarten
kuss.

lebensboten

die tränen dir küssen
die klärenden

lebensboten

die nicht nur die augen
auch das herz reinigen

und erwärmen
und sich freuen an diesen

lebensboten

die das licht leben
und das leben lieben

das lichte.

in harmonie

weil ich dich liebe

bitte ich die amseln
sie mögen ihre lebensfreude

doch im einklang flöten
so wie die drossel am abend

weil ich dich liebe

bitte ich die grillen
sie mögen taktvoll zirpen

als ob sie streicher wären
in einer großen sinfonie

weil ich dich liebe

bitte ich den regen
er möge lauter tanzen

und trommeln auf das dach
als ob ein fest beginnt

weil ich mit dir
mehr bin als ganz ohne dich

ein orchester, ein duett
das niemals so vertraut

die eine weise spielt
die eine nur:

die harmonie.

sand im november

den sand im november
unter dem hemd
deine hand
die ihn wärmt

den sand im november
auf deiner haut
unterm hemd
meine hand

den sand im november
in meiner hand
die deine
haut an haut

der sand im november
bleibt im hemd
immer warm
und vertraut.

ich will nicht rosen pflücken

ich will nicht rosen pflücken
von den bäumen für dich
und pflücke doch rosen

ich will nicht vögel
in den himmel werfen für dich
und werfe sie scharenweis'

ich will nicht regentropfen
mit namen benennen für dich
und zähle sie alle

ich will nicht sonnenstrahlen
als silberstreif zaubern für dich
und lasse dich träumen

ich bin zu verrückt, um nicht
verrückt zu sein nach dir
und entrücke jedem tag mehr.

wenn ich dein herz finde

wenn ich dein herz finde
ist es ein grüner garten

in dem ich ruhen kann
gemeinsam mit dir

im schatten der kirschbäume
die ihr blütenmeer im frühjahr

breiten über uns
einen schneeweißen teppich

aus leichtigkeit zaubern
der vergessen lässt

das gewesene, zudeckt
die alten wunden

mit reinster zärtlichkeit

wenn ich dein herz finde
ist es ein weiter strand

an den wellen schlagen
ungestüm, fordernd, mächtig

und voller leidenschaft

und wind braust uns durchs haar
fegt die gedanken hinweg

die erinnern an trübere tage
befreit uns zu lachen

zu laufen mit nackten füßen
durch glitzernden sand

wenn ich dein herz finde
ist es ein planet für uns zwei

mit kamelen und wölfen
die friedlich umherstreifen

und abends, mit blick in das all
sind unsere dunkleren zeiten

auf einem fernen erdenstern
dessen narben vergangenheit sind

und so träumen wir gemeinsam
eine sommerwarme nacht.

gesang

das haar auf deinem mantel
der dich kleidet

will sagen, wie sehr
du mir augenweide bist

dein antlitz, dein gang, dein lachen
welch freude dein gesang

in der brust mir entfacht
deine nackenlinie hinab

mit küssen zu bedecken
deinen hals, deine schultern

wirbel für wirbel
bin ich verfallen

dem haar auf deinem mantel
und seinem gesang.

tanzen

tanzen
hände, füße

kleider, stoffe
wirbeln

das glück
hoch hinauf

ein schrei
aus lust

schmerz, freude

ein gesang
den füßen

zur ehre.

andere welt

den ort
da deine hände

lichter sind
als meine

verschweigt
mein mund

diesen einen
augenblick

da ich gekrönt
dich sah

königin
neigtest dein haupt

tiefer mir
als dieser welt

von weiß und gold
dein mantel weit

der dich umleuchtet
sanft hinein

ins antlitz
meines herzens

und meine stirn
wagt kaum

dein leuchten
zu berühren

an jenem ort
da deine hände

licht
und lichter

wie dein angesicht.

menschlich lieben

als ich dich ansah
mit menschlichen augen
wehrtest du dich

wenn ich jetzt dich schaue
mit himmelsaugen
freust du dich

mir ist nicht wohl dabei

ich wäre gern
als mensch
geliebt worden

denn als engel
kann ich nicht mehr
menschlich lieben

nur gütig sein.

dein klang

da war etwas
in deinem klang

das mich hielt
im glauben

mich ließ, suchen
und finden

und ohne deinen klang
hält mich nichts mehr

im suchen, finden
und auch im glauben.

nur einmal noch

nur einmal noch
sehen in deinen augen
die liebe

nur einmal noch
ahnen in deiner gestalt
das geheimnis

nur einmal noch
spüren in deinen händen
das feuer

nur einmal noch
hören in deinem haar
das lachen des windes

nur einmal noch
atmen in deinen wangen
den frieden

nur einmal noch
halten dein wesen
das der tod mir verbirgt

nur einmal noch
schmecken die erde
bevor der körper erlischt

nur einmal noch
leben leibhaftig
die essenz

nur einmal noch
begreifen das licht
das mir starb

nur einmal noch
sagen jeden tag neu:
nur einmal noch.

heilen

misstrauen
möchte ich lehren, mich

und staune doch
ob des klangs

deiner augen
deiner hände

die mich heilen des nachts

misstrauen
lernte ich, zu viel

und atme doch
die satte luft

lebenswarmer
erinnerungen

die mich heilen aus nacht

vertrauen
lehren möchte ich, dich

ein weiteres mal
suchen mit dir

altweibersommernächte
voll mondlicht im haar

die uns heilen in helle der nacht

wieder vertrauen
lernen, dir

anvertrauen
glück der regentropfenzeit

und trauen einander
uns trauen

in heilung und herz.

weiter werden

deine füße küssen
mit meinen händen

deine hände
mit meinen lippen

deine stirn
mit meiner stirn

neigen mein herz
zu deinem

neigen mein auge
mein ohr

neigen mich
dir zu

mein lachen
mein leid

neigen mich hinein
in deinen grund

der du mir bist
in dir

und weiter noch küssen

dein auge, dein ohr
dein herz, deinen grund

weiter
mich finden

und im finden
weiter noch

weiter werden.

wenn ich worte hätte

schriebe ich fließendes gold
meinen tiefsten adern zu

und jedem herzschlag
ein staunen ohne atemzug

und jedem tanzenden schritt
einen haltlosen fuß

und dem blick, dem geringsten
scheu einen augengruß.

weiter

das nahe sagt:
weite

ich glaube
der nähe

der weiteren
spur

weite
ich mich

wie weit
frage ich

kann nähe
gehen?

sanft

den blütenstaub sanft
von deinen augen gehaucht

den regen von deinen lippen
getrunken, als der sturm kam

den sand aus deinen schuhen
wach geklopft

mein wesen in deine nacht gesenkt
dass die zweifel sich legen

und der frieden einzieht
in deine träume.

wärme

ein brunnen
aus wärme

flutet mich
tiefer und klarer

jeder fingerspitze
fällt es schwer

nicht „ich liebe"
zu sagen

geflutet vom
warmen atem

der hindurch
die zehen fließt

weil du bist.

würde

wenn die liebe flügel hätte
würde sie mich tragen

und würde reicht
mich zu tragen

weit - weit.

ganz sein

hingabe ist sein
ganz im hier und jetzt
ganz sein

in diesem augenblick
mich verschenken
an dich, an mich

ganz in dir sein
ganz in mir sein
in allem, was ist

sein - einfach nur das
ganz im einen
ganz sein.

heiliger boden

lass uns
uns nähren

stützen
und heilen

einander
flügel sein

lass gemeinsam uns
den boden beleben

der längst
heilig ist.

hingegeben

dich hinzugeben
wie konntest du

dich mir schenken
als längst danieder

ich lag, hin
zu deinen füßen

hier am boden
treffen wir uns

in unseren wunden
lieben wir

einander.

behutsamkeit

teilen, den schatz
in meinen händen

das licht, das darin strahlt
gemeinsam schauen

und unter dem licht
in den händen

bricht es auf
rot und warm das blut

woher die wunden

die unter dem blut
scheu sich bergen

vor meinem blick
und deiner hände bitte

behutsam zu halten
blick, scheue, wunden

bis sie sich öffnen
der hände bitte

behutsamkeit

denn niemals hätte ich
die hände dir gezeigt

niemals anvertraut
niemals den blick gewagt

wenn ich geahnt, was
tiefer sich in ihnen birgt

so bleiben sie
geöffnet

behutsam

die blutenden male
meiner hände wunden

licht.

hingabe

der weiche stoff
legt sich in falten

der harte stahl
beugt sich im feuer

hingabe
so leicht

wie eine feder.

morgenhimmel

der morgen küsst die sonne
oder küsst die sonne den morgen?

wie tau auf den gräsern
fließt das herz zu deinen füßen

wer könnte die flügel ermessen
die diese weite durchspannten

im antlitz deines himmels
der mich atmen lässt

bin ich die sonne, die bleibt
oder der morgen, der wieder neue?

wer küsste wen? der himmel mich
oder mich der himmel?

dein angesicht kennt keine fragen
dein herz bleibt, dein morgen

und auch dein himmel.

grüße

der gruß am morgen
der gruß am abend

das leben in hingabe
singt dem, der grüßen kann

sonne, mond
gezeiten.

sonne am morgen

wenn die sonne am morgen
über dem berg aufgeht

werde ich mit ihren strahlen
dich suchen hinter dem fenster

und mit dem regen leise
an deine scheibe klopfen

und wenn du hinausschaust
sacht fallen in deine hand

als zartester schnee
in heiliger nacht.

hinweitet

hinweitet
an diese eine

wieder stillende
intönigkeit

anklinge ich

hinwandelt
aus diesem einen

weiter raunen
infassbar zeit

erschwinge ich

trunken
in dieser deiner

heller scheinenden
inwärtigkeit

hingehe ich.

fenster zum himmel

fenster zum himmel
deine augen

jungfräulich
wie der morgen

meine hand
zu deinen füßen

der fels bricht
unter mir

ich schwanke
in jubel

zwischen
freudentränen

öffnen sich
fenster zum himmel.

dein morgenangesicht

wie schnee
ist dein morgenangesicht

auf den blüten
des ersten tages

dein haar umspielt
auch in der nacht

im wind
deinen nacken

wenn du gehst
sehe ich dich

und wenn du inne hältst

wenn du wieder kommst
und wenn du bleibst

dein schritt
ist ein lächeln

und deine hand
zerbrechlich zart

wie deine seele

ein bild will ich zeichnen
von dir

wenn dein morgenangesicht
wie schnee

sacht
ganz sacht

den tag berührt.

silbern

silberne momente
sind zarter

als strahlendes
gold

silbern
deine hand.

beseelt

ich bin nicht
entbrannt und vernarrt
verzaubert und beglückt

ich bin nicht
verliebt und entflammt
betört und entzückt

eingeliebt
bin ich, inarmt

erfasst, gefreit
lichtflutet

hingetrunken.

dem einen

im lauschenden
atem

weitet sich
das herz

dem einen
klang

der stille.

stille

still ruht nicht nur ein bergsee
in mir öffnen sich weiten

und ungeahnte sehnsucht
nach wüstenleerem raum

ich brenne wie der dornbusch
wenn ich deine stimme höre

wie sie mit unglaublicher kraft
nach meiner liebe ruft

ich kann einfach nicht lassen
von deinem hauch von gegenwart

die mich bis zum letzten winkel
meiner seele sanft berührt

dein endloses sein wirft nicht nur
wege und lebendige wahrhaftigkeit

in das innere meiner wüstennacht
sondern auch die sterne der stille

so trinke ich von einer quelle
die niemals versiegt.

anklang

ereine mich
    und inarme mich

aufweite mich
    und behelle mich

durchliebe mich
    und erseele

mir deinen sternentag

gesuche mich
    und zuneige mich

beziehe mich
    und ansinne mich

aufrühre mich
    und erantworte

mir deine sonnennacht

geschöpfe mich
    und geberge mich

geheime mich
    und gewahre mich

erwandle mich
    und geräume

mir deine wesenszeit

aufstehe mich
    wenn ich erliege

deiner allzu gegenströmenden
    inwärtigkeit.

das zarte

das zarte
zärtliche

das milde
anmutige

das wärmende
streichelnde

der windhauch
die brise

der weiche klang
die geste

die sacht
berührende

das lächeln
der herzen

all die zarten töne

die wispernden
singenden

wie schnee
still und sanft

leise, leicht tänzelnd
weben, verweben

die stille
zu einer melodie

die frieden singt
in jeder faser

ihres eingeliebten
wesens lauschen

schauen, atmen
die zärtlichkeit

frieden.

alles

das weiß
solange schauen
bis alle farben darin
nicht nur die augen
auch das herz
und jede faser
erreichen

den klang
solange hören
bis alle töne darin
nicht nur die ohren
auch das herz
und jede faser
erschwingen

die luft
solange atmen
bis alle räume darin
nicht nur die lungen
auch das herz
und jede faser
erfüllen

gestalt
solange kosten
bis alle nuancen darin
nicht nur das antlitz
auch das herz
und jede faser
erstrahlen

das licht
solange trinken
bis alles lichte darin
nicht nur augen, ohren
lunge, antlitz, herz
auch das wesen
jedes, das ich bin
erhellt.

kernholz

ein kern
ein instrument
ein holz

spielend sind sie
musik.

dreifaltigkeit

ein bogenstrich
und eine saite
und ein klang

und ohne bogenstrich
wäre die saite eine saite
und ungehört ihr klang

und ohne die saite
wäre der bogenstrich
und ungehört sein klang

und ohne den klang
wäre kein bogenstrich
und keine saite.

sterne

das firmament
hatte die sterne

schon bevor
die nacht hereinbrach

ich frage mich
warum

sehe ich sie
niemals

am tag.

der tag bricht an

toastbrot
zeitung, ei

morgens
ein vogel

im baum
vor dem fenster

das leicht
geöffnet ist.

am bach

fische sind flink
im gestein
des baches

ich suche euch
und erhasche
einen blick.

feldmaus

zwei flinke augen
hüpfen neugierig

zwischen beton

ein blick zu mir
zum hohen gras

ein sprung

was bleibt:
in meinen augen

ein lachen.

im alten hof

im alten hof
das licht von abendsonne

das rot auf den dächern
fragt nach dir

der schnee vom mittag
ist hinweggeschmolzen

und die amsel flötet
im birnbaum

zwischen frühlingsknospen
hellgrün zart

walnuss, wein und linde
ruhen noch

nur die mirabellen
zaubern weißes blütenmeer

das am morgen
dir nachwehte

auf dem asphalt
und nun weht es wieder

weiße flocken von schnee
vor dunklem blau

alles erinnert sich
dessen, der wieder kommt

das fenster schließt sich
und die heizung strömt wärme

die kerze zeigt ihr licht
auf dem sims

in der küche
hängt der duft von kaffee

und wartet darauf
dich zu begrüßen

wenn du wieder kommst
inmitten einer frühlingsnacht.

springbrunnen

ein springbrunnen
funkelt leben

in der sonne
zum widerschein

der anderen natur.

jahrmarkt

der jahrmarkt
hat das leuchten

der einen
großen herrlichkeit:

kinderaugen.

hände

hattest du
die hand gereicht

ich reiche sie dir
gern, die hand

meiner hände.

berühren

solange dieser körper hier
da ist, möchte ich

da sein

mit den händen, dem lachen
den geschichten

berühren

mit den tränen anrühren
mit den fragen

rühren

an den schlaf
der versunkenheit.

rosen

rosen, rüben
rote beete
ein garten

gartenerde
himmel, blau
ein paradies.

liebe ist

weite
die klingt

klang
der bewegt

weg
der öffnet

offenheit
die befreit

freiheit
die durchlichtet

licht
das heilt.

grundreinigung

wenn man die fenster geputzt hat
das ganze haus von oben bis unten

zuerst haut und augenfenster
und am ende auch das herzfenster

dann kann es passieren
dass eines tages licht herein bricht

wenn am himmel die sonne scheint
und man weiß nicht wie

es sein kann, dass dieses haus
in allen räumen strahlt

ein fluten hindurchleuchtet
durch alle herz-ein-wände

obwohl doch nur die sonne scheint
wie so oft zuvor im leben

ja, dann kann es passieren
dass man einfach vergessen hat

dass die fenster geputzt sind
wie nie im leben zuvor.

ausgang

königlich

verschenke ich
mein königreich

wächst

ein königreich
nach.